FEIJOADA

SONIA ROSA
Ilustrações de Rosinha Campos

FEIJOADA

2ª edição
3ª reimpressão

Rio de Janeiro
2020

©2004 Sonia Rosa

Editora
Mariana Warth

Produção editorial
Aron Balmas
Bruno Cruz
Silvia Rebello

Ilustrações
Rosinha Campos

Projeto gráfico
Evolutiva

(Este livro segue as novas regras do Acordo Ortográfico da Língua Portuguesa.)

Todos os direitos reservados à Pallas Editora e Distribuidora Ltda.
Não é permitida a reprodução por qualquer meio mecânico, eletrônico, xerográfico etc. sem a permissão prévia por escrito da editora, de parte ou da totalidade do conteúdo e das imagens deste impresso.

R696f	Rosa, Sonia, 1959- Feijoada / Sonia Rosa: desenhos de Rosinha Campos. — 2ª ed. — Rio de Janeiro : Pallas, 2011 il. — (Lembranças africanas) ISBN 978-85-347-0390-1 1. Feijoada — Literatura infanto-juvenil. 2. Cultura afro-brasileira — Literatura infanto-juvenil. I. Campos, Rosinha. II. Título. III. Série 05-0618 CDD 028.5 CDU 087.5

Pallas Editora e Distribuidora Ltda.
Rua Frederico de Albuquerque, 56 • Higienópolis • CEP 21050-840
Rio de Janeiro • RJ • Tel. 21 2270-0186
pallas@pallaseditora.com.br
www.pallaseditora.com.br

DEDICO ESTE LIVRO À MINHA AMIGA TANIA
QUE TEM UMA RELAÇÃO DE AMOR COM A COZINHA E SEUS SABORES

Nos tempos da escravidão
quando a mesa era posta
com primor e dor
a negra escrava cozinheira
encontrava na cozinha
uma forma de libertação

Misturava na panela a sua história
com a história do seu dono

Eram brancos os seus senhores
Eram negras as suas mãos
Foram elas que ajudaram
a criar com seus segredos africanos
nossa cheirosa comida brasileira

E foi mais ou menos desse jeito
nessa mistura tão gostosa de cultura
que a feijoada nasceu

E por isso que até hoje
Quem prova de uma feijoada
Fica alegre de repente
É que cada um encontra nela
O sabor de sua gente...

FEIJOADA

Dizem que a feijoada foi criada pelos escravos, porque os senhores não comiam os "restos" do porco. Isso é uma lenda. Os escravos comiam feijão com fubá ou farinha de mandioca. Às vezes ganhavam um pedacinho de carne-seca ou toucinho. Os africanos não gostavam de cozinhar alimentos misturados. Os portugueses é que sempre gostaram muito do cozido de feijões com miúdos de porco. Comiam esse cozido com arroz e couve. As escravas aprenderam a fazer feijoada cozinhando para os portugueses. Mas elas fizeram mudanças. Trocaram a fava e o feijão-branco da Europa por feijão-mulatinho e preto do Brasil. Juntaram temperos novos. Serviram com farofa e laranjas. E assim nasceu o cartão de visitas da cozinha brasileira.

Eu nasci no Rio de Janeiro, sou pedagoga, especialista em leitura e escritora com mais de vinte livros publicados. O primeiro livro que escrevi foi *O menino Nito*, doze anos atrás, e que até hoje me dá muitas alegrias. Eu gosto de contar histórias nas escolas e na vida. Acredito que esta é uma maneira de transformar o mundo em um lugar mais fraterno, mais sensível, mais afetivo e mais feliz.

Sonia Rosa

Meu nome é Rosinha, nasci no Recife mas moro em Olinda. Essas duas cidades são bonitas e alegres. Por causa dos engenhos de cana-de-açúcar temos uma tradição africana muito forte. Ela está em toda parte. Na dança, na música, no artesanato, na culinária, no colorido do povo. São muitas e gostosas as nossas lembranças africanas.

Rosinha Campos